AF249955

1792.

MAXIMES

DE MADAME
LA MARQUISE
DE SABLÉ:
ET
PENSÉES
DIVERSES

de M. L. D.

A PARIS,

Chez SEBASTIEN MABRE-CRAMOISY,
Imprimeur du Roy, ruë S. Jacques,
aux Cicognes.

M. DC. LXXVIII.

AVEC PRIVILEGE DV ROY.

Duchesse

L'ILLUSTRE Per-
sonne qui a com-
posé les maximes qu'on
donne au public, avoit
des qualitez si grandes &
si extraordinares, qu'il est
bien difficile de les expri-
mer par des paroles, quoy-
qu'on les sente bien, &
qu'on en soit vivement
touché pour peu qu'on ait
eû l'honneur de la con-
noistre. Elle a convaincu
les honnestes gens de son

ſiecle, qu'un merite eſſentiel & achevé n'eſt pas de la nature de ces choſes qui flatent en vain les eſperances des hommes. Elle a eſté également honorée des grands & des particuliers, & elle avoit établi une eſpece d'empire ſur les uns & ſur les autres par une ſuperiorité naturelle à laquelle tout le monde ſe ſoumettoit aiſément.

Sans biens, preſque ſans credit, meſme aux dernieres années de ſa vie, elle avoit une cour nombreuse de personnes choisies de tout âge & de tout sexe, qui ne sortoient jamais d'auprés d'elle que plus heureux, & comme charmez de l'avoir veûë. Plusieurs mesme, par des établissemens considerables selon leurs differentes conditions, ont éprouvé ce que pouvoit son extresme bonté toûjours agissante, toûjours ingenieuse, & si feconde en mille moyens de faire du bien, que les bons

succés ont presque toû-
jours suivi l'application
constante qu'elle avoit à
rendre de bons offices à
ses amis. Sa vie a esté
presque toute occupée à
leur faire plaisir ; & son
sommeil mesme, quelque
précieux qu'il luy fust,
n'estoit jamais interrom-
pu, qu'elle n'en remplist
les intervalles par de nou-
veaux soins de leur pro-
curer quelques avantages.
Cette bonté estoit si pu-
re & si délicate, qu'elle
ne pouvoit souffrir les

moindres médisances &
les moindres railleries : elle les regardoit comme
de grandes marques de
petitesse d'esprit, ou de
malignité.

Sa charité égaloit sa
bonté ; ou, pour mieux
dire, il y avoit un si juste mélange de l'une avec
l'autre, qu'elle estoit toûjours également préparée
à soulager le prochain,
& mesme à prévenir ses
desirs & ses besoins, au-
tant qu'elle estoit en estat
d'y satisfaire. Elle avoit

ſi bien trouvé cette par-
faite union de toutes les
vertus de la ſocieté civile avec les vertus chré-
tiennes , qu'elle étoit é-
galement reſpectée des
ſolitaires & des gens du
monde.

Jamais un grand cœur
ne fut conduit par un eſ-
prit plus vaſte & plus é-
clairé. Elle l'avoit rempli
de toutes les belles con-
noiſſances qui peuvent
inſtruire & polir tout
enſemble la raiſon. Elle
ſçavoit tres-bien les lan-

gues efpagnole & italien-
ne, & fur tout la veri-
table morale : les maxi-
mes qu'elle en a faites
font des leçons admira-
bles pour fe conduire dans
le commerce du monde.
Elle écrivoit parfaitement
bien : la bonté de fon efprit & celle de fon cœur
luy donnoient une élo-
quence naturelle & ini-
mitable. Ses fentimens
eftoient fi juftes & fi rai-
fonnables, que pour tou-
tes les chofes de bon fens
& de bon gouft , ils

estoient autant d'arrests souverains qui décidoient du prix & du merite de tout ce qu'on soûmettoit à son jugement.

Elle avoit une raison si droite, & tellement dégagée de tout ce qui trouble ordinairement les autres, que bien loin d'estre prévenuë par des opinions particulieres, elle estimoit la vertu & les bonnes choses par tout où elle les trouvoit dans les personnes & dans les livres, également ennemie de l'opi-

niâtreté & de l'indigna-
tion qui vient de l'oppo-
fition des fentimens, toûjours preſte à recevoir la
verité de quelque coſté
qu'elle luy fuſt preſen-
tée. Sa converſation avoit
tant de charmes, & eſtoit
pleine de choſes ſi utiles,
ſi agréables , & ſi inſi-
nuantes, que tout le mon-
de y trouvoit ſon com-
pte ; & on ne la quittoit
jamais , qu'on ne ſe trou-
vaſt beaucoup plus hon-
neſte, avec plus d'eſprit &
des fentimens plus élevez.

Jamais personne n'a porté la politesse à un plus haut point de perfection : elle estoit répanduë en tout son procedé, dans les petites comme dans les grandes choses. Elle avoit une fermeté & une fidelité extresme à garder le secret de ses amis, & une discretion si fine, si circonspecte, & si juste pour tout ce qui regardoit leurs interests, qu'on ne peut rien imaginer au delà. Tant de rares qua-litez luy avoient aquis l'e-

ſtime & la bienveillan-
ce d'un grand Prince, qui
luy en a donné des mar-
ques eſſentielles juſques à
la mort.

Ces grands ſoins de
conſerver ſa ſanté, que
tant de perſonnes qui ne
la voyoient point, accu-
ſoient de foibleſſe, é-
toient juſtifiez, lors qu'on
la voyoit de prés. La
grandeur de ſon eſprit,
qui luy donnoit tant de
veûës inconnuës aux au-
tres, jointe à une longue
experience, l'avoit ſi bien

inſtruite de mille voyes
ſecretes, qui pouvoient al-
terer ou conſerver la ſanté, que ſes amis ont ſu-
jet de croire qu'elle leur
auroit encore épargné la
douleur de l'avoir per-
duë, ſi Dieu n'avoit limi-
té nos jours, en leur preſ-
crivant des bornes cer-
taines que toute la ſcien-
ce & toute l'induſtrie des
hommes ne peuvent paſ-
ſer.

Une ſi belle & ſi glo-
rieuſe vie a eſté enfin
terminée par une mort

tres - chrétienne. Cette crainte de la mort qu'elle avoit fait tant de fois paroiftre, mais qui eftoit beaucoup plus dans fes difcours que dans fes fentimens, aprés quelques derniers efforts, ceffa enfin ; lors qu'elle vit ce terme fatal de plus prés, Elle s'abandonna aux decrets de la providence de Dieu avec des fentimens fi religieux & fi dévots, que penfant uniquement à fon falut, elle compta le refte pour rien. De là vint cette humilité profonde, qui luy fit ordonner qu'on l'enterraſt dans un cimetiere, comme une perſonne du peuple, ſans pompe & ſans ceremonie.

Pour finir enfin ſon éloge, on peut dire d'elle, qu'elle a eſté l'ornement de ſon ſiecle, les délices de ſes amis, un bien général ; & qu'elle laiſſe par ſa mort un ſi grand vuide dans le monde pour les perſonnes qui avoient le bonheur de la voir, & de

la connoiſtre, qu'il n'y a
pas lieu d'eſperer qu'on le
puiſſe jamais remplir di-
gnement,

MAXIMES.

MAXIMES.

I.

COMME rien n'est plus foible & moins raisonnable, que de soûmettre son jugement à celuy d'autruy, sans nulle application du sien : rien n'est plus grand & plus sensé que de le soûmettre aveuglément à Dieu, en croyant sur sa parole tout ce qu'il dit.

II.

LE vray merite ne dépend point du temps, ni de la mode. Ceux qui n'ont point d'au-

A

tre avantage que l'air de la Cour, le perdent quand ils s'en éloignent : mais le bon sens, le sçavoir, & la sagesse rendent habile & aimable en tout temps & en tous lieux.

III.

Au lieu d'estre attentifs à connoistre les autres, nous ne pensons qu'à nous faire connoistre nous-mesmes. Il vaudroit mieux écouter pour aquerir de nouvelles lumieres, que de parler trop pour montrer celles que l'on a aquises.

IV.

Il est quelquefois bien uti-

le de feindre que l'on eſt trompé: car lorſque l'on fait voir
à un homme artificieux qu'on
reconnoiſt ſes artifices, on luy
donne ſujet de les augmenter.

V.

O N juge ſi ſuperficielle-
ment des choſes, que l'agrément des actions & des paroles communes, dites & faites
d'un bon air, avec quelque
connoiſſance des choſes qui ſe
paſſent dans le monde, réüſſiſ-
ſent ſouvent mieux que la plus
grande habileté.

V I.

E S T R E trop mécontent de
ſoy, eſt une foibleſſe. Eſtre

trop content de foy, est une
fotife.

VII.

LES esprits mediocres, mais
malfaits, fur tout les demi-
fçavans, font les plus fujets à
l'opiniâtreté. Il n'y a que les
ames fortes qui fçachent fe dé-
dire, & abandonner un mauvais parti.

VIII.

LA plus grande fageffe de
l'homme confifte à connoiftre
fes folies.

IX.

L'HONNESTETE' & la fin-
cerité dans les actions égarent
les méchans, & leur font per-

dre la voye par laquelle ils
penſent arriver à leurs fins, parce que les méchans croyent
d'ordinaire qu'on ne fait rien
ſans artifice.

X.

C'ᴇsᴛ une occupation bien
penible aux fourbes d'avoir
toûjours à couvrir le défaut de
leur ſincerité, & à réparer le
manquement de leur parole.

XI.

Cᴇᴜx qui uſent toûjours
d'artifice, devroient au moins
ſe ſervir de leur jugement,
pour connoiſtre qu'on ne peut
gueres cacher long-temps une
conduite artificieuſe parmi des
hommes habiles, & toûjours

appliquez à la découvrir, quoy-
qu'ils feignent d'estre trompez,
pour dissimuler la connoissance qu'ils en ont.

XII.

SOUVENT les bienfaits nous
font des ennemis, & l'ingrat
ne l'est presque jamais à demi :
car il ne se contente pas de
n'avoir point la reconnoissance qu'il doit ; il voudroit mesme
n'avoir pas son bienfacteur pour
témoin de son ingratitude.

XIII.

RIEN ne nous peut tant
instruire du déreglement général de l'homme, que la parfaite
connoissance de nos déreglemens particuliers. Si nous vou-

lons faire réflexion fur nos fentimens, nous reconnoîtrons
dans nôtre ame le principe de
tous les vices que nous repro-
chons aux autres : fi ce n'eft
par nos actions, ce fera au
moins par nos mouvemens. Car
il n'y a point de malice que
l'amour propre ne prefente à
l'efprit, pour s'en fervir aux
occafions; & il y a peu de gens
affez vertueux pour n'eftre pas
tentez.

XIV.

LES richeffes n'apprennent
pas à ne fe point paffionner
pour les richeffes. La poffef-
fion de beaucoup de biens ne
donne pas le repos qu'il y a
de n'en point defirer.

A iiij

XV.

Il n'y a que les petits esprits qui ne peuvent souffrir qu'on leur reproche leur ignorance, parce que comme ils sont ordinairement fort aveugles en toutes choses, fort sots, & fort ignorans, ils ne doutent jamais de rien, & sont persuadez qu'ils voyent clairement ce qu'ils ne voyent qu'au travers de l'obscurité de leur esprit.

XVI.

Il n'y a pas plus de raison de trop s'accuser de ses défauts, que de s'en trop excuser. Ceux qui s'accusent par excés, le font souvent pour ne pouvoir souffrir qu'on les accuse, ou par vanité de faire croire qu'ils sçavent confesser leurs défauts.

XVII.

C'est une force d'esprit d'avoüer sincerement nos défauts & nos perfections; & c'est une foiblesse de ne pas demeurer d'accord du bien ou du mal qui est en nous.

XVIII.

On aime tellement toutes les choses nouvelles & les choses extraordinaires, qu'on a même quelque plaisir secret par la veüe des plus tristes & des plus terribles évenemens, à cause de leur nouveauté, & de

la malignité naturelle qui est
en nous.

XIX.

ON peut bien se connoî-
tre soy-mesme, mais on ne s'e-
xamine point assez pour cela;
& l'on se soucie davantage de
paroistre tel qu'on doit estre,
que d'estre en effet ce qu'on
doit.

XX.

SI l'on avoit autant de soin
d'estre ce qu'on doit estre, que
de tromper les autres en dé-
guisant ce que l'on est, on pourroit se montrer tel qu'on est,
sans avoir la peine de se dé-
guiser.

XXI.

IL n'y a personne qui ne puisse recevoir de grands secours & de grands avantages des sciences : mais il y a aussi peu de personnes qui ne reçoivent un grand préjudice des lumieres & des connoissances qu'ils ont aquises par les sciences, s'ils ne s'en servent comme si elles leur étoient propres & naturelles.

XXII.

IL y a une certaine mediocrité difficile à trouver avec ceux qui sont au dessus de nous, pour prendre la liberté qui sert à leurs plaisirs & à leurs divertissemens, sans blesser l'honneur

& le respect qu'on leur doit.

XXIII.

ON a souvent plus d'envie de passer pour officieux, que de réüssir dans les offices; & souvent on aime mieux pouvoir dire à ses amis qu'on a bien fait pour eux, que de bien faire en effet.

XXIV.

LES bons succés dépendent quelquefois du défaut de jugement, parce que le jugement empesche souvent d'entreprendre plusieurs choses que l'inconsideration fait réüssir.

XXV.

ON loüë quelquefois les cho-

ſes paſſées pour blâmer les pre-
ſentes ; & pour mépriſer ce
qui eſt, on eſtime ce qui n'eſt
plus.

X X V I.

I L y a un certain empire
dans la maniere de parler &
dans les actions, qui ſe fait
faire place par tout, & qui
gagne par avance la conſi-
deration & le reſpect. Il ſert
en toutes choſes, & meſme
pour obtenir ce qu'on demande.

X X V I I.

C E'T empire qui ſert en toutes choſes, n'eſt qu'une autorité bienſeante qui vient de la ſuperiorité de l'eſprit.

XXVIII.

L'amour propre se trompe mesme par l'amour propre, en faisant voir dans ses interests une si grande indifference pour ceux d'autruy, qu'il perd l'avantage qui se trouve dans le commerce de la rétribution.

XXIX.

Tout le monde est si occupé de ses passions & de ses interests, que l'on en veut toûjours parler sans jamais entrer dans la passion & dans l'interest de ceux à qui on en parle, encore qu'ils ayent le mesme besoin qu'on les écoute, & qu'on les assiste,

XXX.

LES liens de la vertu doivent estre plus étroits que ceux du sang; l'homme de bien estant plus proche de l'homme de bien par la ressemblance des mœurs, que le fils ne l'est de son pere par la ressemblance du visage.

XXXI.

UNE des choses qui fait que l'on trouve si peu de gens a-gréables, & qui paroissent rai-sonnables dans la conversation, c'est qu'il n'y en a quasi point qui ne pensent plûtost à ce qu'ils veulent dire, qu'à répon-dre précisément à ce qu'on leur dit. Les plus complaisans se

contentent de montrer une mi-
ne attentive, au mesme temps
qu'on voit dans leurs yeux &
dans leur esprit un égarement
& une précipitation de retour-
ner à ce qu'ils veulent dire :
au lieu qu'on devroit juger que
c'est un mauvais moyen de
plaire que de chercher à se fa-
tisfaire si fort ; & que bien é-
couter & bien répondre, est
une plus grande perfection que
de parler bien & beaucoup
fans écouter, & fans répondre
aux chofes qu'on nous dit.

XXXII.

La bonne fortune fait quafi
toûjours quelque changement
dans le procedé, dans l'air, &
dans la maniere de converfer

& d'agir. C'est une grande foiblesse de vouloir se parer de ce qui n'est point à soy. Si l'on estimoit la vertu plus que toute autre chose, aucune faveur ni aucun employ ne changeroit jamais le cœur ni le visage des hommes.

XXXIII.

Il faut s'accoûtumer aux sotises d'autruy, & ne se point choquer des niaiseries qui se disent en nostre presence.

XXXIV.

La grandeur de l'entendement embrasse tout. Il y a autant d'esprit à souffrir les défauts des autres, qu'à connoître leurs bonnes qualitez.

XXXV.

SÇAVOIR bien découvrir l'interieur d'autruy & cacher le sien, est une grande marque de superiorité d'esprit.

XXXVI.

LE trop parler est un si grand défaut, qu'en matiere d'affai-res & de conversation, si ce qui est bon est court, il est doublement bon; & l'on ga-gne par la briéveté ce qu'on perd souvent par l'excés des paroles.

XXXVII.

ON se rend quasi toûjours maître de ceux que l'on con-noît bien, parce que celuy qui est parfaitement connu, est en quelque façon soûmis à celuy qui le connoist.

XXXVIII.

L'ESTUDE & la recherche de la verité ne sert souvent qu'à nous faire voir par experience l'ignorance qui nous est naturelle.

XXXIX.

ON fait plus de cas des hommes quand on ne connoist point jusqu'où peut aller leur suffisance : car l'on présume toûjours davantage des choses que l'on ne voit qu'à demi.

X L.

SOUVENT le desir de paroît

tre capable empesche de le de-
venir, parce que l'on a plus
d'envie de faire voir ce que
l'on sçait, que l'on n'a de desir d'apprendre ce que l'on ne
sçait pas.

XLI.

LA petitesse de l'esprit, l'i-
gnorance, & la présomption
font l'opiniastreté, parce que
les opiniastres ne veulent croire que ce qu'ils conçoivent, &
qu'ils ne conçoivent que fort
peu de choses.

XLII.

C'EST augmenter ses défauts
que de les desavoüer quand on
nous les reproche.

XLIII.

Il ne faut pas regarder quel bien nous fait un ami, mais seulement le desir qu'il a de nous en faire.

XLIV.

Encore que nous né devions pas aimer nos amis pour le bien qu'ils nous font; c'est une marque qu'ils ne nous aiment gueres, s'ils ne nous en font point quand ils en ont le pouvoir.

XLV.

Ce n'est ni une grande loüange, ni un grand blâme, quand on dit qu'un esprit est ou n'est plus à la mode. S'il est une fois tel qu'il doit estre, il est toûjours comme il doit estre.

XLVI.

L'AMOUR qu'on a pour soymesme est quasi toûjours la regle de toutes nos amitiez. Il nous fait passer par dessus tous les devoirs dans les rencontres où il y va de quelque interest, & mesme oublier les plus grands sujets de ressentiment contre nos ennemis, quand ils deviennent assez puissans pour servir à nostre fortune ou à nôtre gloire.

XLVII.

C'EST une chose bien vaine & bien inutile de faire l'examen de tout ce qui se passe dans le monde, ſi cela ne ſert à ſe redreſſer ſoy - meſme.

XLVIII.

LES dehors & les circonſtances donnent ſouvent plus d'eſtime que le fonds & la realité. Une méchante maniere gâte tout, meſme la juſtice & la raiſon. Le *comment* fait la meilleure partie des choſes, & l'air qu'on leur donne, dore, accommode, & adoucit les plus fâcheuſes. Cela vient de la foibleſſe & de la prévention de l'eſprit humain.

XLIX.

LES ſotiſes d'autruy nous doivent eſtre plûtoſt une inſtruction qu'un ſujet de nous moquer de ceux qui les font.

L.

LA converſation des gens qui aiment à regenter, eſt bien fâcheuſe. Il faut toûjours eſtre preſt de ſe rendre à la verité, & à la recevoir de quelque part qu'elle nous vienne.

LI.

ON s'inſtruit auſſi bien par le défaut des autres, que par leur inſtruction. L'exemple de l'imperfection ſert quaſi autant à ſe rendre parfait, que celuy de l'habileté & de la perfe-ction.

LII.

ON aime beaucoup mieux ceux

ceux qui tendent à nous imiter, que ceux qui tâchent à nous égaler. Car l'imitation est une marque d'estime, & le desir d'estre égal aux autres est une marque d'envie.

L I I I.

C'est une loûable adresse de faire recevoir doucement un refus par des paroles civiles, qui réparent le défaut du bien qu'on ne peut accorder.

L I V.

Il y a beaucoup de gens qui sont tellement nez à dire *non*, que le *non* va toûjours au-devant de tout ce qu'on leur dit. Il les rend si desagréables, encore bien qu'ils accordent

B

enfin ce qu'on leur demande, ou qu'ils confentent à ce qu'on leur dit, qu'ils perdent toûjours l'agrément qu'ils pourroient recevoir s'ils n'avoient point fi mal commencé.

L V.

ON ne doit pas toûjours accorder toutes chofes, ni à tous. Il eft auffi loûable de refuser avec raifon, que de donner à propos. C'eft en cecy que le *non* de quelques-uns plaît davantage que le *oüi* des autres. Le refus accompagné de douceur & de civilité fatisfait davantage un bon cœur, qu'une grace qu'on accorde fechement.

LVI.

IL y a de l'esprit à sçavoir choisir un bon conseil, aussi-bien qu'à agir de soy-mesme. Les plus judicieux ont moins de peine à consulter les sentimens des autres; & c'est une sorte d'habileté de sçavoir se mettre sous la bonne conduite d'autruy.

LVII.

LES maximes de la vie chrétienne, qui se doivent seulement puiser dans les veritez de l'Evangile, nous sont toûjours quasi enseignées selon l'esprit & l'humeur naturelle de ceux qui nous les enseignent. Les uns par la douceur de leur na-

turel, les autres par l'afpreté
de leur temperament, tournent,
& employent felon leur fens
la juftice & la mifericorde de
Dieu.

LVIII.

Dans la connoiffance des
chofes humaines, noftre efprit
ne doit jamais fe rendre ef-
clave, en s'affujetiffant aux fan-
taifies d'autruy. Il faut étendre
la liberté de fon jugement, &
ne rien mettre dans fa tefte par
aucune autorité purement humaine: quand on nous propo-
fe la diverfité des opinions, il
faut choifir, s'il y a lieu; fi-
non, il faut demeurer dans
le doute.

LIX.

La contradiction doit éveiller l'attention, & non pas la colere. Il faut écouter, & non fuir celuy qui contredit. Noſtre cauſe doit toûjours eſtre celle de la verité, de quelque façon qu'elle nous ſoit montrée.

LX.

On eſt bien plus choqué de l'oſtentation que l'on fait de la dignité que de celle de la perſonne. C'eſt une marque qu'on ne merite pas les emplois, quand on ſe fait de feſte : ſi l'on ſe fait valoir, ce ne doit eſtre que par l'éminence de la vertu. Les Grands ſont plus en veneration par les qualitez

de leur ame, que par celles de
leur fortune.

LXI.

IL n'y a rien qui n'ait quelque perfection. C'est le bonheur du bon goust de la trouver en chaque chose: mais la
malignité naturelle fait souvent
découvrir un vice entre plusieurs vertus, pour le réveler &
le publier, ce qui est plûtost
une marque du mauvais naturel, qu'un avantage du discernement; & c'est bien mal passer sa vie, que de se nourrir toûjours des imperfections d'autruy.

LXII.

IL y a une certaine maniere

de s'écouter en parlant, qui rend toûjours desagréable : car c'est une aussi grande folie de s'écouter soy-mesme quand on s'entretient avec les autres, que de parler tout seul.

LXIII.

IL y a peu d'avantage de se plaire à soy-mesme, quand on ne plaist à personne : car souvent le trop grand amour que l'on a pour soy, est châtié par le mépris d'autruy.

LXIV.

IL se cache toûjours assez d'amour propre sous la plus grande dévotion, pour mettre des bornes à la charité.

XV.

IL y a des gens tellement aveuglez, & qui se flattent tellement en toutes choses, qu'ils croyent toûjours comme ils desirent, & pensent aussi faire croire aux autres tout ce qu'ils veulent : quelque méchante raison qu'ils employent pour persuader, ils en sont si préoccupez, qu'il leur semble qu'ils n'ont qu'à le dire d'un ton fort haut & affirmatif, pour en convaincre tout le monde.

LXVI.

L'IGNORANCE donne de la foiblesse & de la crainte : les connoissances donnent de la hardiesse & de la confiance :

rien n'étonne une ame qui connoiſt toutes choſes avec diſtin-
ction.

LXVII.

C'EST un défaut bien com-
mun de n'eſtre jamais content
de ſa fortune, ni mécontent
de ſon eſprit.

LXVIII.

IL y a de la baſſeſſe à tirer
avantage de ſa qualité & de ſa
grandeur, pour ſe moquer de
ceux qui nous ſont ſoûmis.

LXIX.

QUAND un opiniâtre a
commencé à conteſter quelque
choſe, ſon eſprit ſe ferme à
tout ce qui le peut éclaircir;

la contestation l'irrite, quelque
juste qu'elle soit, & il semble
qu'il ait peur de trouver la verité.

LXX.

LA honte qu'on a de se
voir loüer sans fondement, donne souvent sujet de faire des
choses qu'on n'auroit jamais
faites sans cela.

LXXI.

IL vaut presque mieux que
les Grands recherchent la gloire, & mesme la vanité dans
les bonnes actions, que s'ils
n'en étoient point du tout tou-
chez : car encore que ce ne
soit pas les faire par les princi-
pes de la vertu, l'on en tire au

moins cét avantage, que la vanité leur fait faire ce qu'ils ne feroient point sans elle.

LXXII.

CEUX qui sont assez sots pour s'estimer seulement par leur noblesse, méprisent en quelque façon ce qui les a rendus nobles, puisque ce n'est que la vertu de leurs ancestres qui a fait la noblesse de leur sang.

LXXIII.

L'AMOUR propre fait que nous nous trompons presque en toutes choses; que nous entendons blasmer, & que nous blasmons les mesmes défauts dont nous ne nous corrigeons point, ou parce que nous ne connois-

fons pas le mal qui eſt en nous,
ou parce que nous l'enviſa-
geons toûjours ſous l'apparen-
ce de quelque bien.

L X X I V.

La vertu n'eſt pas toûjours
où l'on voit des actions qui pa-
roiſſent vertueuſes : on ne reconnoiſt quelquefois un bien-
fait que pour établir ſa réputation , & pour eſtre plus
hardiment ingrat aux bienfaits
qu'on ne veut pas reconnoî-
tre.

L X X V.

Quand les Grands eſperent
de faire croire qu'ils ont quelque bonne qualité qu'ils n'ont
pas, il eſt dangereux de mon-

trer qu'on en doute : car en leur oftant l'efperance de pouvoir tromper les yeux du monde, on leur ofte auffi le defir de faire les bonnes actions qui font conformes à ce qu'ils affectent.

L X X V I.

L A meilleure nature étant fans inftruction, eft toûjours incertaine & aveugle. Il faut chercher foigneufement à s'inftruire, pour n'eftre ni trop timide ni trop hardi par ignorance.

L X X V I I.

L A focieté, & mefme l'amitié de la plufpart des hommes, n'eft qu'un commerce qui ne dure qu'autant que le befoin.

LXXVIII.

QUOIQUE la plufpart des amitiez qui fe trouvent dans le monde ne meritent point le nom d'amitié ; on peut pourtant en ufer felon les befoins, comme d'un commerce qui n'a point de fonds certain, & fur lequel on eft ordinairement trompé.

LXXIX.

L'AMOUR par tout où il eft, eft toûjours le maiftre. Il forme l'ame, le cœur, & l'efprit, felon ce qu'il eft. Il n'eft ni petit ni grand felon le cœur & l'efprit qu'il occupe, mais

selon ce qu'il est en luy-mes-
me : & il semble veritablement
que l'Amour est à l'ame de celuy qui aime ce que l'ame est
au corps de celuy qu'elle anime.

LXXX.

L'AMOUR a un caractere
si particulier, qu'on ne peut le
cacher où il est, ni le feindre
où il n'est pas.

LXXXI.

TOUS les grands divertissemens sont dangereux pour la
vie chrétienne ; mais entre tous
ceux que le monde a inventez, il n'y en a point qui soit
plus à craindre que la Comedie. C'est une peinture si na-

turelle & si délicate des paſ-
ſions, qu'elle les anime, & les
fait naître dans nôtre cœur,
& ſur tout celle de l'Amour,
principalement lors qu'on ſe
repreſente qu'il eſt chaſte &
fort honneſte : car plus il paroît innocent aux ames inno-
centes, & plus elles ſont ca-
pables d'en eſtre touchées. On
ſe fait en meſme temps une
conſcience fondée ſur l'honneſ-
teté de ces ſentimens ; & on
s'imagine que ce n'eſt pas bleſ-
ſer la pureté, que d'aimer d'un
amour ſi ſage. Ainſi on ſort
de la Comedie le cœur ſi rempli de toutes les douceurs de
l'amour, & l'eſprit ſi perſua-
dé de ſon innocence, qu'on
eſt tout préparé à recevoir ſes

premieres impreſſions, ou plûtoſt à chercher l'occaſion de
les faire naître dans le cœur de
quelqu'un , pour recevoir les
meſmes plaiſirs & les meſmes
ſacrifices que l'on a veûs ſi bien
repreſentez ſur le theatre.

PENSÉES

DIVERSES.

*L*ES Penſées qui ſuivent
ne ſont pas de la meſme perſonne qui a compoſé les Maximes qu'on vient de lire:
mais comme elles ſont d'un
de ſes amis particuliers, &
que c'eſt elle en quelque façon qui les a fait naiſtre, il
a ſemblé qu'il eſtoit à propos
de les mettre icy. A la verité
l'Auteur n'a jamais crû que des
penſées ſans ordre, ſans liaiſon,
dont il s'entretenoit dans la ſo-
litude, & qu'il communiquoit

à son incomparable Amie, ou
de vive voix, ou par lettres,
dussent estre imprimées un jour,
ni qu'elles meritassent de l'estre.
Mais comme c'est la destinée
presque inévitable de ces sortes
d'écrits, d'estre enfin mis sous
la presse, dés qu'il en court
des copies à la main, il a
souffert, sans violence, qu'on en
augmentast le recueïl des Maximes; d'autant plus que les
Pensées & les Maximes sont
jointes déja ensemble en diverses copies manuscrites, &
que tost ou tard elles échape-
roient malgré luy. Il ne pré-

end pas s'attirer par là la
réputation de bel esprit, ni la
gloire de bien écrire: il ne se
pique de rien moins que de la
qualité d'Auteur; & pour-
veû qu'on juge qu'il pense
raisonnablement, il sera tres-
satisfait. Il ne sera pas mesme
malcontent, quand on jugera
le contraire. Il déclare au
reste que par les vertus aus-
quelles il donne pour fondement & pour regle l'Amour
propre raisonnable, il n'entend
parler que des actions humaines honnestes d'une honneste-
té morale, mais tres-éloignées

*du caractere & de la pureté
des vertus chrétiennes, qui à
parler proprement méritent seu-
les le nom de vertu.*

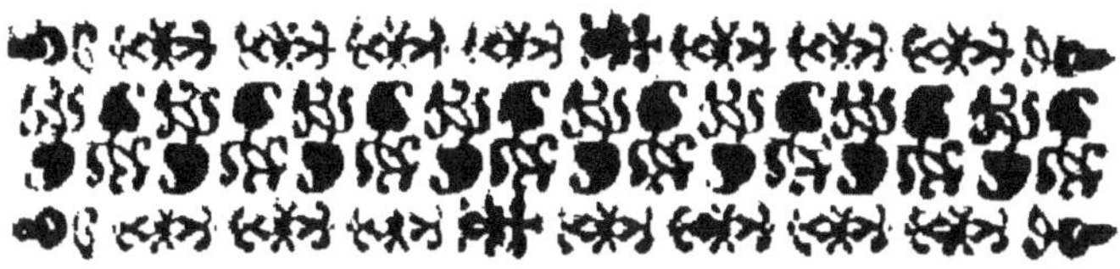

PENSÉES

DIVERSES.

I.

L'Amour propre fait tous les vices & toutes les vertus morales, selon qu'il est bien ou mal entendu.

II.

La prudence qui sert à la conduite des actions humaines, est, à le bien prendre, l'Amour propre circonspect & fort éclairé; ce qui luy est op-

C

posé, n'est qu'inconsideration & qu'aveuglement.

III.

QUOY-QUE par ce principe il soit vray de dire que les hommes n'agissent jamais sans interest, on ne doit pas croire pour cela que tout soit corrompu, qu'il n'y ait ni justice ni probité dans le monde. Il y a des gens qui se conduisent par des interests honnestes & loüables. C'est ce juste discernement de l'Amour propre bien reglé, quoy-que rapportant toutes choses à soy-mesme, mais dans toute l'étenduë des loix de la societé civile, qui fait ce qu'on appelle honnestes gens dans le monde.

I V.

L'Amour du prochain est de tous les sentimens le plus sage & le plus habile: il est aussi necessaire dans la societé civile pour le bonheur de nostre vie, que dans le Christianisme pour la felicité éternelle.

V.

La gloire & l'infamie sont vaines & imaginaires, si on ne les rapporte aux biens & aux maux réels qui les accompagnent.

V I.

Ceux qui se donnent mille peines, & essuyent mille perils,

pour étendre leur réputation aprés leur mort aux siecles à venir, font, ce me femble, bien chimeriques: toute cette gloire, à laquelle ils ne donnent point de bornes, fe termine toutefois à leur imagination, qui leur reprefente comme prefens des honneurs futurs dont ils ne jouiront jamais.

VII.

CETTE maxime, que les chofes les plus cachées font enfin découvertes, eft du moins fort incertaine; parce que l'on ne peut juger que par celles que l'on fçait, & non point par celles que l'on ne fçait pas.

VIII.

RIEN ne sert tant au bon-
heur de la vie, que de connoistre les choses comme elles sont : cette connoissance
s'aquiert par de frequentes réflexions sur tout ce qui se
passe dans le monde, & fort
peu par les livres.

IX.

PRESQUE tous les mal-
heurs de la vie viennent des
fausses idées que l'on se forme sur tout ce qui se passe.

X.

LA veritable éloquence est
celle du bon sens, simple &
naturelle : celle qui a besoin

de figures & d'ornemens n'est fondée que sur ce que la plus-part des hommes ont des lumieres fort courtes, & ne font qu'entrevoir les choses.

X I.

L es maximes servent à l'esprit ce que le baston sert au corps quand il a trop de foiblesse pour se soûtenir de soy-mesme. Ceux qui ont l'esprit grand, qui voyent toutes choses dans leur étenduë, n'ont point besoin de maximes.

X I I.

L es grandes réputations d'estre honneste homme sont souvent plus fondées sur les manieres & sur un grand art

de paroiſtre honneſte, que ſur
un merite veritable & ſolide.

XIII.

CEUX qui ont les qualitez
eſſentielles qui font l'honneſte
homme, croyant n'avoir pas
beſoin d'art, negligent les manieres, ſont plus naturels, &
par cette raiſon plus obſcurs;
parce que ceux qui en jugent
ont d'autres affaires qu'à les
examiner, & ne les eſtiment
que par le dehors & par l'ap-
parence.

XIV.

ON n'eſt parfaitement honneſte homme, que parce qu'on
a un fort grand ſens & une
droite raiſon, qui fait toûjours

prendre le parti le plus juſte
& le plus honneſte dans toutes les actions de la vie ; &
c'eſt fort mal à propos qu'on
loüe pour leur grand eſprit de
méchantes & de malhonneſtes
gens dans le monde. Ces per-
ſonnes-là ont ſeulement quelque portion de ce bon ſens
qui les fait bien réüſſir en quelques choſes, mais qui les rend
imparfaits par mille autres.

XV.

La vaillance eſt donnée aux
hommes, & la chaſteté aux
femmes, pour leurs vertus prin-
cipales, comme les plus diffi-
ciles à pratiquer : quand ces
vertus n'ont pas le temperament ou la grace qui les ſoû-

tïent, elles deviennent bien
foibles, & on les sacrifie bien-
tost à l'amour de la vie & du
plaisir.

XVI.

PRESQUE tous les maistres
disent que tous les valets sont
fripons, & des ennemis dome-
stiques : si les valets deve-
noient les maistres, ils diroient
la mesme chose. C'est que bien
souvent c'est la fortune, &
non pas les sentimens, qui les
distingue.

XVII.

ON ne se soucie pas tant
d'avoir raison, que l'on se soucie de faire croire qu'on a raison : c'est ce qui fait que l'on

soûtient son opinion avec opiniâtreté, aprés mesme qu'on
a reconnu qu'elle est fausse.

XVIII.

LES erreurs ont quelque-
fois un aussi long cours dans
le monde que les opinions les
plus veritables, parce qu'en
prenant ces erreurs pour des
veritez, on embrasse aveuglément tout ce qui les entretient,
& l'on rejette, ou l'on neglige
tout ce qui pourroit les dé-
truire.

XIX.

L'ARTIFICE & le menson-
ge sont de grandes marques
de la foiblesse & de la petitesse
de l'esprit humain, comme la

fauſſe monnoye l'eſt de la pau-
vreté.

XX.

LES dévots de profeſ-
ſion, qui ſans une grande ne-
ceſſité ont commerce dans le
monde, doivent eſtre fort ſuſ-
pects.

XXI.

TOUTE dévotion eſt fauſ-
ſe, qui n'eſt point fondée ſur
l'humilité chrétienne, & la
charité envers le prochain : ce
n'eſt ſouvent qu'un orgueïl
de philoſophe chagrin, qui
croit, en mépriſant le monde,
ſe venger des mépris & des
mécontentemens qu'il en a re-
ceûs.

XXII.

LA dévotion des femmes qui commencent à vieillir n'est souvent qu'un état de bienséance, pour sauver la honte & le ridicule du débris de leur beauté, & se rendre toûjours recommandables par quelque chose.

XXIII.

COMME la dévotion est un sentiment purement spirituel, & qui vient de Dieu, il est tres-délicat; & il faut l'observer de bien prés, & avec de grandes précautions, pour ne s'y pas tromper.

XXIV.

LE dernier degré de la perfection de l'esprit humain est de bien connoître sa foibleffe, sa vanité, & sa mifere : moins on a d'efprit, & plus on s'éloigne de cette connoif-sance.

XXV.

IL y a une ignorance vuide de chofes beaucoup moins mé-prifable, que cette ignorance remplie d'erreurs & d'imperti-nences, que l'on appelle fort fouvent fcience dans le mon-de.

XXVI.

LA trop grande foûmiffion aux livres & aux opinions des anciens, comme à des veritez éternelles révelées de Dieu, gaſte bien des teſtes, & fait bien des pedans.

XXVII.

Hors des choſes qui re-gardent la Religion, on doit toûjours ſoûmettre ſes études & ſes livres à ſa raiſon, & non pas ſa raiſon à ſes livres.

XXVIII.

On cherche plus dans ſes études à remplir ſa teſte, pour diſcourir, & pour paroiſtre dans le monde, qu'à éclairer & cultiver ſon eſprit, pour bien juger des choſes.

XXIX.

Ces mots de ſimpatie, de je ne ſçay quoy, de qualitez

occultes, & mille autres de cet-
re nature, ne signifient rien : on
se trompe, quand on pense en
estre mieux instruit ; on les a
inventez, pour dire quelque
chose quand on manque de
raisons, & qu'on ne sçait plus
que dire.

X X X.

ON fait plus d'honneur à
la raison qu'elle ne merite : elle usurpe souvent ce qui est
deû au temperament ; elle
auroit peu d'avantages, si elle
n'en avoit que de legitimes.

X X X I.

IL est tres-rare que la raison guerisse les passions : une
passion se guerit par une au-

tre. La raison se met souvent
du costé du plus fort : il n'y
a point de violente passion qui
n'ait sa raison pour s'autori-
ser.

XXXII.

La juste & droite raison
est une lumiere de l'ame, qui
luy fait voir les choses comme
elles sont : mais en ce monde,
il y a mille nuages, qui l'envi-
ronnent, & qui l'obscurcissent.

XXXIII.

On ne feroit pas tant de
cas de la réputation, si on fai-
soit réflexion sur l'injustice des
hommes à l'établir, ou à la dé-
truire : on doit tâcher de s'en
rendre digne par ses bonnes

actions, & ne se pas mettre
en peine du succés.

XXXIV.

UNE trop grande sensibili-
té à la médisance entretient la
malignité du monde, qui ne
cherche que cela.

XXXV.

UNE grande insensibilité,
qui ne garde nulle mesure, fait
le mesme effet; c'est une es-
pece de mépris dont le monde se venge.

XXXVI.

IL y a un milieu & un temperament entre ces deux ex-
trémitez, qui fait que le monde a de l'indulgence pour cer-

taines actions de quelques perfonnes qu'il condamne en d'autres. C'eft ce qui fait l'iné-
galité des dames également
galantes, dont les unes font fi
fort décriées, qu'il eft hon-
teux d'avoir commerce avec
elles, pendant que les autres
font au rang des Veftales, fans
que perfonne s'en fcandalife.

XXXVII.

Ce't amour purement dans
l'efprit que quelques perfonnes s'imaginent, eft une illu-
fion & une chimere; le corps
y a beaucoup plus de part que
l'efprit.

XXXVIII.

On ne doit pas s'étonner fi

quelques nations qui n'eſtoïent pas éclairées de la Foy, ont fait une divinité de l'Amour; ſes effets & ſes ſentimens ſont é-tranges, extraordinaires, & pa-roiſſent ſurnaturels.

X X X I X.

L A converſation des belles femmes eſt plus dangereuſe pour le ſalut, que les come-dies les plus tendres & les plus paſſionnées : les unes ſont l'o-riginal, dont les autres ne ſont que la peinture & la copie; les unes font naiſtre les paſ-ſions, & les autres ne font que les réveiller, & les entretenir.

X L:

O N n'aimeroit gueres la·co·

medie, ni la musique, si on
n'avoit jamais eû d'amour,
ni d'autres passions.

X L I.

ON croit souvent aimer de
bonne foy, & d'une amitié
desinteressée, une personne é-
levée dans la fortune ; mais
on ne peut en estre asseûré,
que lors qu'elle est dépouïllée
de sa puissance. On démesle
alors à quoy tenoit cette amitié : si l'interest en estoit le fondement, l'honneur la soûtient
quelque temps, & se lasse enfin de la soûtenir.

X L I I.

LA reconnoissance est la vertu des gens sages & habiles.

X L I I I.

L'INGRATITUDE est le vice des testes mal faites & imprudentes.

X L I V.

IL y a telle personne qui n'aura point veû de livres, qui avec son bon sens naturel est plus sçavant pour les choses du pur raisonnement, que certains docteurs consommez dans l'étude des livres.

X L V.

LE bon sens doit estre l'arbitre des regles tant anciennes que modernes; tout ce qui ne luy est pas conforme, est faux.

XLVI.

LA nature est donnée aux philosophes comme une grande énigme, où chacun donne son sens, dont il fait son principe : celuy qui par ce principe rend raison plus clairement de plus de choses, peut au moins se vanter d'avoir l'opinion la plus vraisemblable.

XLVII.

LA douleur du corps est le seul mal de la vie, que la raison ne peut guerir, ni affoiblir.

XLVIII.

LA fortune distribuë aveuglément, & selon son caprice, les rôlles qu'un chacun

joüé sur le grand theatre du
monde : ce qui est cause qu'il
y a de si méchans acteurs, parce qu'il est tres-rare, que les
hommes y fassent les person-
nages qui leur conviennent.
Ou pour parler plus chrétien-
nement, cette fortune n'est autre chose que la Providence
de Dieu, qui souffre ce déreglement, pour des raisons qui
nous sont inconnuës.

X L I X.

LA raison & l'experience
doivent estre inseparables pour
la découverte des choses naturelles.

L.

SI la frequente pensée de la

mort ne nous rend pas plus
gens de bien, au moins elle
nous doit rendre plus mode-
rez, moins avares, & moins
ambitieux.

LI.

TOUT est fortuit dans la vie,
mesme la naissance : il n'y a
que la mort qui soit certaine ;
& cependant nous agissons
comme si c'étoit la seule chose incertaine.

LII.

LA vie est bonne en soy,
& le plus grand bien du monde, mais le plus mal ménagé :
c'est de nos déreglemens, &
non pas d'elle, que nous de-
vons nous plaindre.

LIII.

L I I I.

I L n'y a rien de si difficile à persuader que le mépris des richesses, si l'on ne tire ses raisons du fond de la Religion chrétienne.

L I V.

L E S Sages de l'Antiquité étoient bien fous, qui sans estre éclairez des lumieres de la Foy, & sans esperance de quelque chose de meilleur, méprisoient les plaisirs & les richesses : ils cherchoient à se distinguer par des sentimens extraordinaires, & si peu naturels, & à s'élever au dessus du reste des hommes, par une superiorité imaginaire. Les ha-

biles gens d'entre eux ſe con-
tentoient d'en diſcourir en public, & agiſſoient autrement
en ſecret.

L V.

IL y a une folie grave, con-
certée, & contente d'elle-meſ-
me, qui a un certain air de ſa-
geſſe plus impertinent mille
fois que cette folie étourdie
& plaiſante, qui ne fait nulles
réflexions.

L V I.

LE mépris d'une mort aſ-
ſeûrée ſans le Chriſtianiſme,
ne merite ni l'admiration, ni
la gloire qu'on luy donne ;
& en verité à y regarder de
prés, c'eſt plûtoſt extravagan-

ce que grandeur & fermeté d'ame.

LVII.

LE secret de plaire dans les conversations, est de ne pas trop expliquer les choses, les dire à demi, & les laisser un peu deviner: c'est une marque de la bonne opinion qu'on a des autres; & rien ne flate tant leur amour propre.

LVIII.

LA cause presque de tous les faux raisonnemens, est que l'on n'envisage qu'une partie de la question: pour raisonner juste, il faut la concevoir dans toute son étenduë.

LIX.

Il y a tant de bonnes &
de belles chofes dans la nature, que ce n'eft pas l'abon-
dance qui en fait la fuperflui-
té; c'eft le mauvais choix, &
le mauvais ufage.

LX.

L'E'TAT des gens qui ont
foin des finances & des affaires du Prince, eft plus af-
feûré que celuy des perfonnes
qui ont foin de fes plaifirs: on
ne veut pas toûjours fe ré-
jouïr, mais on veut à toute
heure & en tout temps avoir
de la confideration & des richeffes.

LXI.

LE dernier point de la sagesse, est de connoistre qu'on n'en a point.

LXII.

IL n'y a point de veritable sagesse en ce monde, que celle qu'enseigne la morale chrétienne. Quand mesme elle ne seroit point soûtenuë par la Foy & par la Religion, c'est la plus pure & la plus parfaite loy du monde.

LXIII.

LE peuple loüe & estime les actions & les autres choses, non pas seulement parce qu'elles sont belles, mais plus souvent parce qu'elles sont extraordinaires : de là viennent toutes les fausses voyes que les hommes prennent pour meriter l'approbation du monde.

LXIV.

LA Cour est l'empire de l'ambition : toutes les autres passions, l'Amour mesme, & les loix, luy sont soûmises : il n'y a point d'unions qu'elle ne fasse, & qu'elle ne rompe,

LXV.

LES ambitieux se trompent, quand ils se proposent des fins de leur ambition : ces fins deviennent des moyens, quand ils y sont arrivez.

LXVI.

UNE réputation générale, & de longue durée, est rarement fausse.

LXVII.

L'OPINION de ces Philosophes, que les bestes sont des automates, c'est-à-dire, des machines qui se meuvent elles-mesmes, est bien difficile à croire : mais celle de ces autres Philosophes qui leur donnent une ame corporelle, & qui n'est point corps, est incomprehensible.

LXVIII.

UNE grande réputation est une grande charge, difficile à

foûtenir: une vie obscure est plus naturelle & plus commode.

L X I X.

Diogene, qui avoit choisi pour sa maison un tonneau, estoit un fou d'autant plus achevé, qu'il s'estimoit, & vouloit qu'on le creust un des plus sages hommes du monde.

L X X.

Les grands emplois & les grandes dignitez sont bien nommez de grandes charges; leur servitude est d'autant plus grande, qu'elle regarde le service du public tres-difficile à contenter.

LXXI.

LES prescheurs de vertu dans les conversations, sont ordinairement de grands fanfarons & de grands fourbes. Le grand soin qu'ont les gens du monde de loüer la vertu, est quelquefois une grande marque de leur negligence à la pratiquer.

LXXII.

LA verité ne se montre aux enfans des Princes, que pendant leur jeunesse & leur minorité : elle disparoist lors qu'ils sont revestus de leur puissance, & qu'ils ont la couronne sur la teste. Si l'on n'employe bien ce jeune âge à leur instruction, il n'y a plus de remede dans le reſte du cours de leur vie ; tout ſe paſſe dans l'illuſion & le déguiſement.

LXXIII.

LA parfaite connoiſſance qu'un homme a de ſa miſere & de ſes imperfections, eſt une grande matiere de s'humilier devant Dieu : mais c'eſt auſſi un grand ſujet de mépris envers les autres hommes, qui ne ſont pas ſi éclairez.

LXXIV.

LA raillerie eſt plus difficile à ſupporter que les injures, parce qu'il eſt dans l'ordre de ſe fâcher des injures, & que c'eſt une eſpece de ridicule de ſe fâcher de la raillerie.

LXXV.

La raillerie est une injure déguisée, pleine de malignité, que l'on souffre avec d'autant plus d'impatience, que c'est une marque de la superiorité qu'on veut avoir.

LXXVI.

Les princes & les personnes élevées en dignité y doivent estre extrêmement retenus : le ressentiment qu'on a de leur raillerie est d'autant plus dangereux, qu'il est caché, & que l'on cherche à s'en venger par des voyes secretes.

LXXVII.

La raillerie est souvent u-

ne marque de la ſterilité de
l'eſprit; elle vient au ſecours,
quand on manque de bonnes
raiſons.

LXXVIII.

Il y a bien des perſonnes
qui aiment les livres comme
des meubles, plus pour parer
& embellir leurs maiſons, que
pour orner & enrichir leur eſprit.

LXXIX.

L'illusion des avares eſt de
prendre l'or & l'argent pour des
biens, au lieu que ce ne ſont
que des moyens pour en avoir.

LXXX.

Il y a des perſonnes, qui

pour vouloir trop subtiliser &
approfondir les choses, vont
au-delà de la verité; ils s'en
éloignent autant que le peuple, qui est au dessous par son
ignorance grossiere.

LXXXI.

LA verité est simple & naturelle: le grand secret est de
la trouver.

LXXXII.

L'ILLUSION de la pluspart
des nobles, est de croire que
leur noblesse est en eux un caractere naturel.

LXXXIII.

LA noblesse veritable &
naturelle est celle qui vient

des avantages du corps & de l'esprit.

LXXXIV.

PLUS la noblesse que l'on tire de ses ayeuls seulement, est ancienne, moins elle est bonne, plus elle est suspecte & incertaine. Le fils d'un Mareschal de France, qui a obtenu cette charge par son grand merite, doit estre plus noble que ses descendans. Cette source de noblesse est encore toute vive dans les veines du fils, & soûtenuë par l'exemple du pere; elle s'affoiblit, & s'altere, en s'éloignant.

LXXXV.

ON s'étonne tous les jours

de voir des personnes de la lie
du peuple s'élever & s'enno-
blir, & l'on en parle avec mépris : comme si les plus grandes familles du monde n'a-
voient pas eû un commence-
ment semblable, à les recher-
cher jusques dans le fond de
leur origine.

LXXXXVI.

LA plus grande partie des
plaintes que l'on fait contre
son prochain, viennent du peu
de réflexion que l'on fait sur
soy-mesme.

LXXXXVII.

L'AMOUR propre fait que
l'on regarde les biens & les
plaisirs qui arrivent dans la vie

comme une chose qui est à nous, & qui nous appartient; & les maux, comme étrangers, & comme une injustice de la nature. De là viennent les plaintes que l'on fait contre la vie humaine.

LXXXXVIII.

LA pluspart des heros sont comme de certains tableaux; pour les estimer, il ne faut pas les regarder de trop prés.

LXXXXIX.

LE merite des bonnes qualitez de l'ame, est le merite essentiel; mais l'art de faire valoir, & mettre en œuvre les bonnes qualitez, est un second merite bien plus necessaire que

le premier dans le commerce
du monde, pour la réputation
& pour la fortune.

X C.

I L y a bien des choses dans
le monde que l'on n'estime
que par leur rareté, ou par la
difficulté de les faire, quoy
qu'elles ne soient ni belles, ni
utiles en elles - mesmes.

X C I.

C H A C U N se fait un tribu-
nal, où il juge souverainement
de son prochain avec autant
d'autorité & de confiance, que
s'il en avoit un privilege particulier d'en user ainsi. Il me
semble qu'on seroit plus rete-
nu à prononcer ces jugemens

décisifs, si l'on pensoit qu'on
se sert ailleurs de la mesme liberté & de la mesme rigueur
contre nous.

TABLE

DES

MAXIMES.

Le chiffre marque le nombre de chaque Maxime.

A

TABLE

DES
PENSE'ES DIVERSES.

Le chiffre marque le nombre de chaque Pensée.

A

AMBITION,	64. 65
Amitié,	41
Amour,	37. 38
Amour du prochain,	4
Amour propre,	1. 2. 3. 87
Avarice,	79

B

Bonheur de la vie,	8

Bon

E

TABLE

G

H

I

L

M

EXTRAIT DU PRIVILEGE
du Roy.

PAR Lettres Patentes du Roy données à Paris le 18. Mars 1678. signées DESVIEUX, & scellées du grand Sceau de cire jaune, il est permis à Sebastien Mabre-Cramoisy Imprimeur du Roy, & Directeur de son Imprimerie Royale, d'imprimer le Livre intitulé, *Maximes, & Pensées Diverses*, durant le temps de six années consecutives. Avec défenses à toutes personnes d'imprimer, ou faire imprimer ledit Livre tel qu'il est, ou contrefait & déguisé, sous les peines portées par lesdites Lettres.

Registré sur le Livre de la Communauté des Libraires & Imprimeurs de Paris le 21. Mars 1678.
Signé, L. COUTTEROT, Sindic.

www.ingramcontent.com/pod-product-compliance
Lightning Source LLC
LaVergne TN
LVHW010357060726
842526LV00005B/1379